George Washington

Grace Hansen

www.capstoneclassroom.com

ABDO
BIOGRAFÍAS DE LOS PRESIDENTES
DE LOS ESTADOS UNIDOS
Kids

Credits:
Spanish Translators: Maria Reyes-Wrede, Maria Puchol

Photo Credits: Corbis, Getty Images, iStock, Shutterstock, Thinkstock

Production Contributors: Teddy Borth, Jennie Forsberg, Grace Hansen

Design Contributors: Candice Keimig, Laura Rask, Dorothy Toth

Library of Congress Cataloging-in-Publication Data
Cataloging-in-publication information is on file with the Library of Congress.

ISBN 978-1-4966-0409-5 (paperback)

Printed in the United States of America in North Mankato, Minnesota.
122016   010206R

Contenido

Los primeros años

George Washington

nació el 22 de febrero

de 1732. Nació en el condado

de Westmoreland, Virginia.

Virginia

George aprendió a medir terrenos. Le gustaba mucho aprender y trabajar.

El hermano de George, Lawrence, le dejó su casa al morir. La hacienda se llamaba Mount Vernon.

Familia

George luchó en la Guerra franco-india. Después de la guerra se casó con Martha Custis. Tenían campos con muchos cultivos.

10

Líder

Gran Bretaña gobernaba los Estados Unidos en ese momento. La gente de los Estados Unidos quería independizarse. Así comenzó la **Guerra de Independencia**.

13

Necesitaban un líder para el ejército. Eligieron a Washington.

El 4 de julio de 1776, se firmó la

Declaración de Independencia.

Estados Unidos ganó la guerra

años después y se independizó.

17

Presidencia

La nación necesitaba un nuevo líder. Washington se convirtió en el primer presidente de los Estados Unidos el 30 de abril de 1789. Fue un buen presidente.

Muerte

Al jubilarse se fue a vivir a Mount Vernon. Murió el 14 de diciembre de 1799.

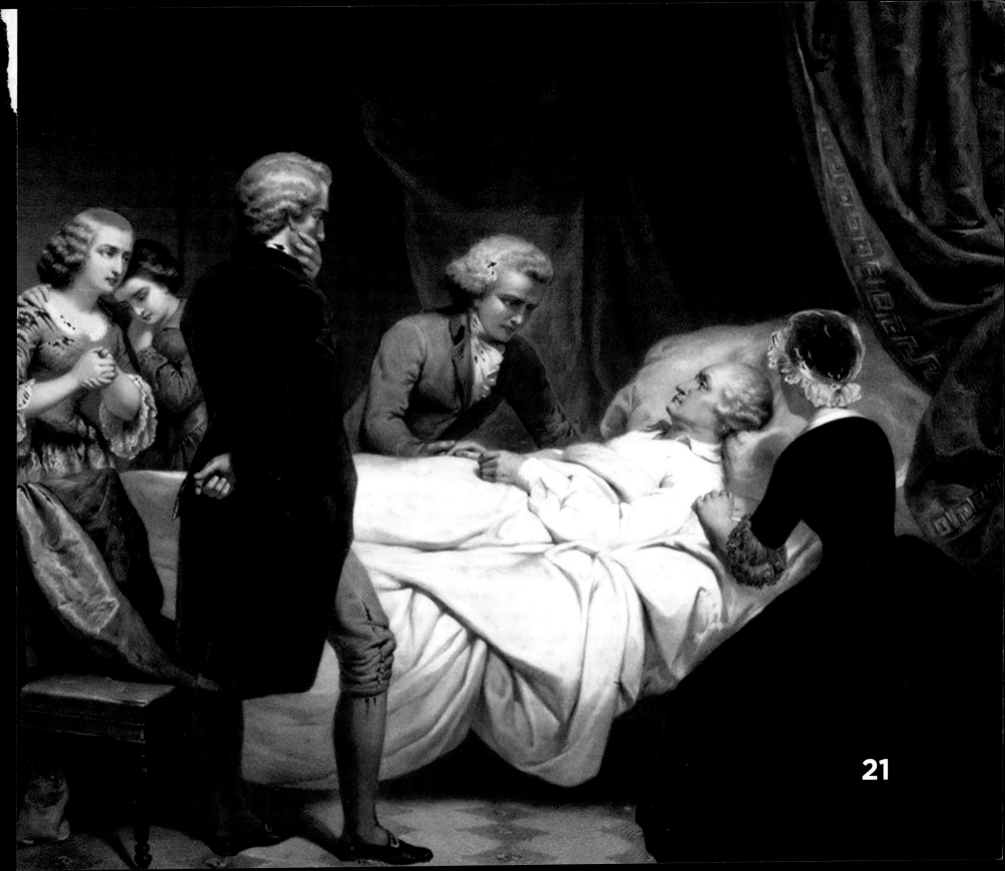

21

Más datos

- Washington nunca tuvo hijos propios. Martha, que era viuda, ya tenía a Jackie y Patsy cuando se casó con Washington.

- Washington fue un excelente jinete y bailarín.

- Washington fue un agricultor muy próspero. Su principal cultivo comercial fue el trigo.

Glosario

cultivo comercial – cultivo para la venta y no el consumo del productor.

Declaración de Independencia – documento muy importante en la historia de los Estados Unidos. Anuncia la separación de las colonias americanas de Gran Bretaña.

Guerra de Independencia – guerra entre Inglaterra y las colonias americanas, que duró desde 1775 hasta 1783.

viuda – mujer cuyo esposo ha muerto.

Índice